李福龙诗词选

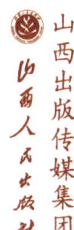
山西出版传媒集团
山西人民出版社

山魂水魄
韵味长

邵华泽题

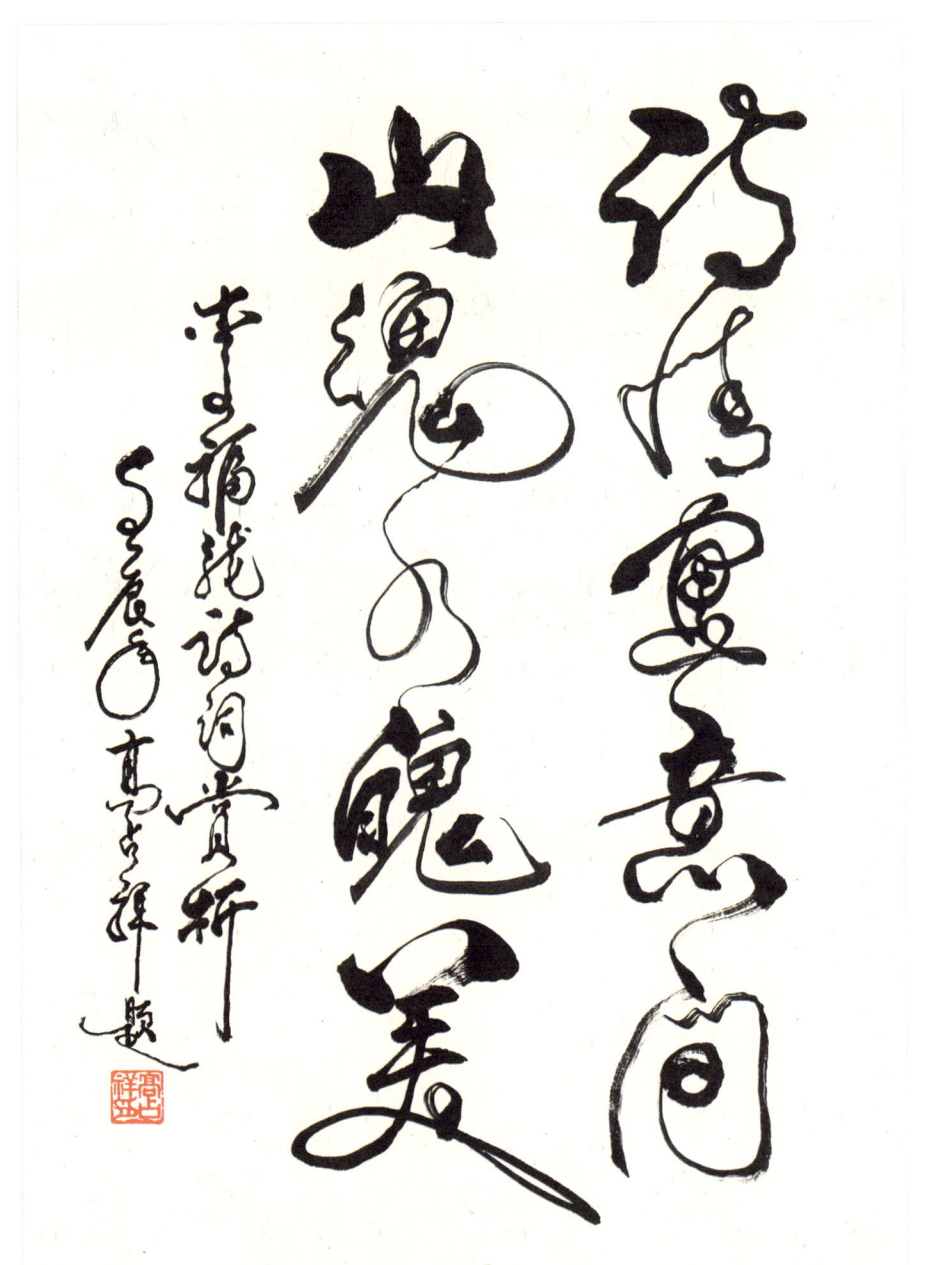

山魂 水魄

李福龙诗词赏析

吕厚民

二０一一年十月一日

賀福龍先生詩集出版

筆運龍意隨情至

天子功夫詩外來

文傷齋作忠華書

流光溢彩　李福龙

　　李福龙，中国摄影家协会会员，山西省摄影家协会副主席。山西大学、太原理工大学、山西农业大学、华北理工大学、西北科技大学、四川音乐大学等高校客座教授。酷爱摄影、诗歌创作，创作了大量表现祖国山河之美、反映人民苦乐悲喜的作品。先后在《人民日报》、《光明日报》、《红旗》、《摄影报》、《中国体育报》、《中国当代摄影家作品鉴赏》、《山西日报》、《诗苑》、《九州诗文》等中央、地方报刊上发表了大量的文学、艺术作品。国内著名学者评价他的山水诗和摄影作品是"蕴意于景、藏志于物"。其系列作品《黄河》多次入选国际国内影展，并被多家媒体刊用。中央电视台、山西卫视等多次播出其专题片。他的诗作与摄影作品是"珠联璧合的艺术姐妹——是诗的画、画的诗、诗的景、景的画"。一花一木中，均能捕捉到荡人心弦的山魂水魄。

李福龙诗词赏析

邵华泽题

李福龙诗词赏析

邵华泽

许多人都知道山西有一帮诗人很出色,我也早知道李福龙在山西诗坛小有名气。但是,把写诗与摄影融为一体,互为促进,并且呈现出不断超越、风格迥异之势,这就叫人刮目相看了。在我结识的一些人中,像李福龙这种诗人兼摄影家的双栖角色和奋斗精神还是比较罕见的。

有无生活情趣,生活质量大不一样。李福龙是一位一直把写诗和摄影作为重要生活情趣的人。在他的生活和工作中,摄影和写诗就是他最大的爱好,并且数十年如一日地把这种爱好坚持下来,实属不易。正像他自己说的那样,这种乐趣已成为他"挑战自我、战胜强者"的"嗜好"了。

　　摄影是记录瞬间的艺术，是光与影的完美结合。诗言志。诗为心声，是真善美的最直接表达方式。尽管写诗与摄影是截然不同的两个艺术门类，但是它们也有共同之处，这就是都离不开对社会发展、人类活动、自然现象等典型瞬间的提炼、浓缩、概括和升华，都可以将几秒、几分、几月，甚至几十年的时间记录在一幅或一篇作品里。在不断的学习工作中，李福龙正是将写诗与摄影的相通之处进行了巧妙的连通和把握，在摄影创作意犹未尽之时，思想之门洞开，灵感一来，诗性大发；在诗歌创作完成之后，情意愈浓，想象的翅膀飞得更高，从而使下一次的摄影进入到了一个更高的意境。

　　把摄影作品与诗文交织在一起的编排方式，可谓新颖独特的艺术创新。赏读《山魂水魄》，优美的诗歌与摄影作品交相辉映，动人心弦。仔细品读，不难看出李福龙对自然风光、大千世界以及祖国人民所寄托的那份深情。无论是太行山的巍峨壮丽、黄河壶口瀑布的神奇奔放、王莽岭的雄奇险秀，还是新疆喀纳斯的梦幻风流、秦代兵马俑的厚重灿烂、西北胡杨树的顽强刚烈，在我们的眼中都透着作者理性的思考和文化的芬芳。山水诗在李福龙的诗作中占了很大的比例。但是,不论是山水诗创作还是风光摄影,都不是对山水自然简单的勾勒与复制,而是带着作者的感情和理解去揭示。对于山水诗创作者来说,无论写山还是写水,其实都是在写人,写感情,都在把风花雪月、云海山峦当做一种精神的物化和意境的升华。因此,作者在面对或壮美、或婉约的自然风光时,都在用心灵、思想、情感去解读它,理解它,创作它。在这一点上,《临江仙·太行山颂》、《壶口感怀》系列和《瞻仰石楼毛泽东路居》中表现得尤为明显,作者思想的脚步是在不停地探索、前进。他的《山魂水魄》中的作品虽然跨越了不少年头,尽管其中多数是近年来的新作,但他依然将过去一些作品收入其中,从而使我们依稀看到了作者在诗词创作道路上逐渐发展、不断成熟的轨迹。

从《山魂水魄》诗词集的书名中,我们还能捕捉到一些其他的感悟。诗歌创作离不开精神、气势和神韵,这正是所谓的"魂魄",要用自己独特的语言表达对自然的情感,抒发自己的审美理想和情感,这既需要纵横捭阖、势壮如山的气势,也更需要细心观摩、推敲总结的综合能力,这正是诗歌创作的必然之路。所用"山魂水魄",讲的恐怕就是这种"精、气、神"。

诗人应该胸怀天下,应该意识到我们如今面对的是一个大众文化时代。面对影视作品、网络文学的备受关注,一些纯文学的艺术作品就更需要走出"象牙之塔",要用雅俗共赏的作品引起读者的共鸣;要写出既有历史感,又有未来感,既新鲜活泼,又符合唯美、生态的时代作品,这是每一位诗人应该努力追求的目标。

希望福龙同志有更多更好的诗歌、摄影作品问世,也希望三晋诗坛有更多的诗人茁壮成长!

是为序。

山魂水魄竞风流

宋新柱

一本图文并茂、墨香阵阵的样书，摆放在我的案头。开始只是忙里偷闲，匆匆一阅，并未有太多感悟。或一日，身心无事，细雨霏霏，万事万物在幽幽静寂中增添了恬淡而安详的色彩，再次翻开这本诗歌集，便被其中一首《农家喜雨》所吸引。

春雨滴滴一夜浇，
点点新绿忽增高。
万户雨歇行沃野，
千家喜气挂眉梢。

林前晨雀歌新语,
屋后归燕补旧巢。
最是一年春好处,
甘霖润物百花娇。

    我由衷地感叹了。作为我的老同学、老朋友的李福龙先生,身居领导要位,终日诸事缠身,居然有这样的诗情雅兴,且能"偷得浮生半日闲",抒情达意,恰到好处,借景喻情,信手拈来,有些生活的感悟,让人久久萦怀,余味无穷:

赤条条跃入库里,
乐呵呵翻浪戏水。
谁曾料下有暗井,
落其中浑身发虚。
一念间身往下沉,
刹那时已至井底。

……
　　童伴们担心顿解，
　　齐拍手欢声笑语。

虽经岁月沧桑，却历久弥新，悠然溢来，谐趣顿生：

　　废旧墨水瓶，
　　改做煤油灯。
　　夜来上自习，
　　全赖此照明。
　　自习课毕后，
　　提灯结伴行。
　　乡间崎岖路，
　　笑语绕歌声。

总而言之，福龙先生的诗词选，山魂扑面，水魄含情，叙事抒情，各得其趣。它给我打开了一扇全新的门，让我在为他的做人处事、为政能力及摄影艺术感佩的同时，又增加了一份新的感知。人说诗书画同源，亦云：文学是一切艺术之母，有了文学的滋润，搞其他艺术便不会是无源之水、无本之木。难怪著名雕塑大师罗丹说："美无处不在，只是人们缺少发现美的慧眼。"而这双慧眼，便离不开文学的支撑，所谓"学养"是也。

德国哲学家海德格尔说："房子是人身体的家，而诗是人灵魂的家。"当人们的物质生活愈加丰富的时候，精神上的需求便愈加显见，且与日俱增。现代人——尤其是一些年轻人在纸醉金迷中成了精神的浪儿，我们有责任也有义务用心里的感悟形诸笔墨，给他们构建精神的寓所。这一点，福龙先生算是身体力行、率先垂范了，仅此而言，我们也该为他喝彩。

兴致所驱，信马由缰，好在言出由衷，不当之处还望各位同仁教正。

是为序。

2011 年 11 月 10 日

诗韵深远的山水交响诗

李国光

如同当年电视连续剧《三国演义》一曲开篇词"滚滚长江东逝水，浪花淘尽英雄……"唱红了大江南北，征服了3亿中国电视观众一样，如今，由著名作曲家孙洪斌作曲，诗人李福龙作词，歌唱家杨洪基演唱的《太行山颂》又在广大歌迷中不胫而走，大有流行走红、脍炙人口之势。

说起李福龙这首词被曲作家孙洪斌选中，还真有一段鲜为人知的传奇故事。在选词谱曲中，孙洪斌是极为认真严谨的。他对歌词的要求既要主题深远，具有艺术价值，又要求歌词与音乐能紧密配合，创作出词曲和谐、流传百世的作品。一次，他在网上搜寻，突然眼前一亮，发现了李福龙的《临江仙·太行山

颂》:"巍巍太行八百里,水深、林密、云腾。山花烂漫野果香,处处鸟儿唱,奇峰刺苍穹。弹指间数千春秋,转换几多时空。烽火硝烟壮哉图,最数抗战篇,'八路'真英雄!"

　　孙洪斌认为,李福龙在这首词中,把太行山雄壮与阳刚之美,奇险峻秀之柔,以及太行山人民在中国革命中的历史地位概括表现得恰如其分,浑然天成,可谓画龙点睛之作。于是,这位曾经领略过太行山风云,并与李福龙产生了艺术共鸣的音乐家,通过各种渠道千方百计地寻找诗人李福龙。

　　当李福龙得知孙洪斌愿意为这首词谱曲,并邀请著名歌唱家杨洪基演唱时,真有点不敢相信这是事实。直到后来得知杨洪基开始并未答应演唱,当他看了词曲,被词的鲜明主题和大气磅礴吸引,同时也被孙洪斌院长专门按自己的演唱风格谱曲创作所激励,终于玉成了这桩美事的曲折经过后,这才确认了这感人的传奇故事。如今,面对音乐界人士评论这首歌必将成为经典歌曲的赞誉,李福龙依然是那样谦和、勤奋。

　　李福龙的人品和诗品犹如展现在我们面前的这部《山魂水魄——李福龙诗

词选》一样,让人读起来深受鼓舞,倍感亲切。捧读《诗选》,一种洋溢在字里行间的激情感染着我,那种对祖国母亲的挚爱,对山川河流和大自然的痴迷,对故乡山水的依恋,对伟人和劳动者的赞美,无不跃然眼前。那种力透纸背的思想感悟,行云流水般的轻松笔触,酣畅淋漓的表达方式,呼之欲出的炽烈情愫,雅俗共赏的如歌诗句,构成了其独具特色的诗韵风格,使之无愧地置身于当代优秀诗人的行列。

诗人的影响力决定了他在诗坛的地位。李福龙的作品中究竟有哪些特色值得我们推许和珍视?在其长期辛勤耕耘所创作出的大量诗词中,有哪些方面值得我们品味咀嚼、学习汲取呢?现在,在这里不妨带领大家漫步寻找——

第一,他的诗,他的歌,是时代的印记,是作者的心路历程与风景,呈现着积极向上、昂扬奋发的主旋律。

任何人都不能超越他所生活的时代和社会。因此,当时政治经济的影响,无不表现在古今中外所有作家的作品之中。诗人及其作品也是这样。李福龙从小就喜欢文学,尤其喜欢背诵古诗词。但李福龙写诗,不单单是一种诗兴的冲动,也不单单是由于兴趣和爱好。写诗,是与他的生命和个性休戚相关的事情,与他的事业和追求相生相伴。正是因为他恪守着诗要源于生活又高于生活的信条,所以诗作中每每折射出鼓舞人心的力量。

第二,他是一位"爱的歌者",他善于在山水中寻找文化魂魄和民族精神。他的山水诗和摄影作品"蕴意于景、藏志于物",被誉为"诗中的画,画中的诗"。

李福龙对大自然的崇敬,对故乡的挚爱,集中表现在讴歌山,讴歌水,讴歌生活中的真善美那些美丽动人的诗句中。山水诗在他的整个诗词中占了很大的分量。拜读他的诗集,尤其是以"山魂水魄"为主题的组诗时,耳畔就会回想起他对山水、文化、魂魄和人民的那种理解和谈吐。李福龙说,每个国家都有壮美的山河、城市和乡村。山水和土地是劳动人民赖以生存的根本。从某种意义上来说,山水就是一个国家的脊梁和魂魄……中华文化博大精深,不同时期的历史文化又各不相同。从诗经、楚辞、汉赋到唐诗、宋词、明清小说,不同形式的文学体裁反映各不相同的社会风貌。在这些众多的题材中,流传最为久远、让广大劳动人民最容易铭记和吟唱的就是诗词和歌谣。由此可见,优秀的诗词如同山水一样，都可以理解和称之为"魂魄"。诗歌就是中国文化的魂与魄，因为它能够把庞杂的语言用简单通俗的形式表达出来，并引领千千万万的民众前进。

诗人是一位爱的歌者，在一座山一道水中能挖掘出生命的清泉，在一棵树一朵花中能采撷到爱的种子。他的诗篇处处浸染着爱的光芒。不论是对太行山、五台山，还是王莽岭和壶口瀑布；不论是对锡崖沟人、勇攀高峰的采药汉，还是放声高歌的村姑；不论是对西北的胡杨树、新疆的吐鲁番和喀纳斯，还是和顺县那些与神话传说相对应的喜鹊山、牛郎峪……他在讴歌世界的真善美的同时，把理想主义的激情和浪漫主义的朝气用爱的包容、爱的喜悦、爱的鼓舞传递奉献给读者，使生命充盈着一片爱意、希望、和谐。他让爱的花朵如五台山的白云、积雪和佛光般圣洁；他盼爱的种子都像喀纳斯那含苞待放的花朵、郁郁葱葱的树木般充满希望；他把爱的霞光用真诚和努力点燃，使之如太行山日出般辉煌壮丽、洒满世界。

李福龙的诗歌创作还得益于其摄影艺术的相辅相成，互为促进。早在28年前，《光明日报》第一次发表了他的摄影作品后，自幼喜爱书画艺术的李福龙就与摄影结下了不解之缘。为了拍摄一件作品,他不畏严寒,不惧酷暑,敢涉险境,勇于不断超越自我。这些年来,他匠心独具,以强烈的现代感和视觉冲击力拍摄了大量构图独特、主题鲜明、意境深远的优秀摄影作品,成为光影世界的著名摄影艺术家。艺术是相通的。在观景、选景的拍摄过程中,有时画面摄入镜头、快门按动的同时,一首诗歌也随之形成,脱口而出;有时拍完照片,意犹未尽,口有余香,于是他就琢磨构思一首清新亮丽的新诗出来。这种"影中有诗,诗中有影","冷眼观世事,热手掠奇妙"的创作方法,使他的诗中闪亮着光影、色彩之美,摄影作品中又涌动着诗情、诗眼、诗的魅力和魂魄。中央电视台在专题栏目中介绍他的诗与摄影作品时评价说:"李福龙的诗歌与摄影作品是珠联璧合的艺术姐妹——是诗的画、画的诗、诗的景、景的画。让人捧读愈久、情景愈浓,一花一木,均能捕捉到荡人心弦的山魂水魄;中华古老的诗词精髓,绽放成一幅幅意境深远的影视之花……"

  第三,他的诗,他的歌,深深地折射出其不断学习、不断创新的勇气,反映着他勇于挑战自我、挑战强者的奋进精神。

学习是每个人一辈子的事。李福龙在政务繁忙之余,总要挤出时间学习。所以,他对美术、诗词、摄影等艺术颇有研究。他认为旧体诗虽然讲究格律、平仄对仗,但古人并不被其束缚。从古到今,诗坛上讲究"求正,容变"。就是说形式上虽然有所突破,但只要符合规律,作品能让更多的人产生共鸣,就必然是好作品。为了不断充实自己,写出广大读者喜闻乐见的作品,他学习诗魂屈原、诗史杜甫、诗仙李白;他捧读背诵唐诗宋词以及郭沫若和戴望舒等当代诗人的作品。但所有的诗人中,他最为崇拜的就是毛泽东了。

毛泽东那激扬的文字,纵横捭阖的气概,朝气蓬勃、奋发风流的个性,悠然诙谐、真诚自信的品性等都令他如醉如痴、深感钦佩。学习是一个不断阅读、消化和吸收的过程。在崇拜学习、潜移默化、耳濡目染的作用下,久而久之,有人发现李福龙写的诗词中有了毛诗的影子。翻阅他的诗词也确实如此——

"山作宣纸水作笔……录尽沧桑写神奇。"(《黄河岩画赋》)"天都峰顶摘星斗,北海峦畔沐雨雾。玉屏崖间赏奇松,始信黄山佳景殊。"(《再登黄山》)"新国弹指五十年,醒狮挥毫著新篇"(《龙年引吭》)……这些诗句,诗人居高临下,大气磅礴,以山水为纸笔,敢上峰顶摘星斗,能在峦畔和崖间赏松沐雨,这是何等的豪气冲天,雄心万丈啊!虽说是信手拈来,但句句铿锵,字字奇崛,可见其写诗的功力和受毛诗的影响了。

不断创新、勇敢地超越自我是李福龙诗句愈写愈精的源泉。他说,写诗的人永远应该把自己当做小学生,要心甘情愿地向不同艺术流派和作品学习,也就是说要不断地打功底,充实自己。"贪顾佳色累细腿";"越练越感功底浅,越钻越须学问精";"偶获佳作忌躁满,高峰呼唤再登临"(《再论摄影》);"朝晖映花树,童心人不老"(《北武当山抒怀》)。在其作品中不经意间表现的正是这种谦虚、自励、努力和奋斗精神,与他的追求、爱好非常吻合,一脉相承。美的诗作源于好的人品。一家著名刊物对诗人作问卷调查时,李福龙曾有过这样的对答表白:

你最喜爱的座右铭是什么?

——美在自然,顺其自然。

你最大的乐趣是什么?

——突破自我，挑战强者。

你最钦佩的品质是什么？

——诚信、坦荡、博爱。

人人都喜爱音乐，一些人更爱交响曲，人生最美妙的境界莫过于沉醉于音乐的浪漫与梦幻之中。李福龙有过这样的比喻：好的诗词歌赋就是在不断地借鉴吸收古今中外的艺术精华、不断创新超越自我的基础上诞生的，这正如千百年来汉民族与少数民族相互学习、取长补短、互相融合；又如中国的民乐与西方乐器交相组合，演奏出中西合璧、绚丽雄伟的交响曲一样，开启人们的心扉，渗入人们情感的世界。这种鼓舞人心、振奋精神的艺术感召力，与意韵深远的山水交响诗具有同样的审美力量。

沉浸于李福龙的《山魂水魄》诗中，沿着作者洒满汗水的足迹，我们仿佛同诗人一道走进了祖国的山山水水，浏览着三晋的名山大川。这里，每一座山峰，每一条溪流，每一朵浪花，每一片绿叶，都留下了诗人的诗趣、影趣、情趣和意趣，让人们在变幻的时空中沉思，在留恋与憧憬的涟漪中忘情……打开书，当《临江仙·太行山颂》这第一首词映入眼帘时，山水中的灵气、太行山的魂魄便一下子升腾了起来，全书顿时充满了精、气、神。把没有灵魂的东西写出了灵气和魂魄，这就是诗韵深远的山水交响诗的作者的魅力和独到之处。

目录

李福龙诗词赏析　邵华泽 / 1
山魂水魄竞风流　宋新柱 / 6
诗韵深远的山水交响诗　李国光 / 10

临江仙　太行山颂 / 2
巍巍太行山 / 3
五台山抒怀 / 5
　登北台顶 / 5
　台顶漫步 / 6
　东台观日出 / 7
东台再观日出 / 8

五台山感赋 / 10

王莽岭放歌 / 14

华北明珠锡崖沟 / 16

北武当山抒怀 / 17

盛夏登崂山 / 18

再登崂山赋 / 19

登黄山感赋 / 20

山海关赋 / 21

暑日游藏山 / 23

春登老顶山 / 24

秋游宁武天池 / 25

吐鲁番精美房屋之奇 / 26
西行随吟 / 27
  飞渡天山 / 27
  戈壁滩放车 / 28
  吐鲁番感怀 / 29
  天池 / 30
  高昌古城 / 31
  伊犁大葱 / 32
雁门关 / 33
雁门关秋高 / 34
天眼看凡尘 / 35
鹳雀楼抒怀 / 36

黄河岩画赋 / 37

杀虎口怀古 / 39

秋游新疆禾木 / 40

秋读喀纳斯 / 42

盛夏登和顺云龙山 / 43

夏县感怀 / 44

夏县柿子红 / 45

夏收时节 / 46

和顺秋兴 / 47

水峪山放歌 / 48

太白山感言 / 49

再登黄山 / 51

春游香山赏白玉兰 / 52
浪淘沙　北戴河 / 53
北戴河 / 55
云雾奇观 / 56
壶口瀑布观感 / 57
壶口感怀 / 59
再观壶口飞瀑 / 60
再读壶口 / 61
再赏壶口飞瀑 / 62
念奴娇　壶口飞瀑 / 63
尼亚加拉大瀑布 / 65
九寨沟抒怀 / 66

农家喜雨 / 67

晋祠风采 / 68

云冈石窟感赋 / 70

战SARS / 71

非常时期感赋 / 72

摄影偶感 / 75

再论摄影 / 78

雨后秦皇岛海滩即景 / 79

游洪洞大槐树偶题 / 80

吟太旧路 / 81

太旧高速公路通车典礼现场即吟 / 82

姜女庙 / 83

卜算子　乘特快舰游长江偶感 / 84

龙年引吭 / 86

新世纪国庆中秋 / 87

秦兵马俑感悟 / 88

聪明与糊涂 / 89

简单与复杂 / 90

位与为 / 91

煤炭工业试点政策调研有感 / 92

诗联句 / 94

汶川救援 / 95

赏刘增民毛体书法展有感 / 96

卜算子　咏胡杨 / 97

和顺"牛郎织女节"感怀 / 98

庚寅端午看世界杯感叹 / 100

十届平遥国际摄影节感言 / 101

沁园春　中华崛起 / 103

初识巴黎 / 105

儿时追忆之一　小水库泳趣 / 106

儿时追忆之二　煤油灯 / 108

水调歌头　黄河神韵 / 110

瞻仰石楼毛泽东路居 / 112

为张继宗《古驿善福》一书题 / 115

美国归途有感 / 116

俄罗斯感怀 / 117

烈火重生 / 118
山魂水魄 / 120

自然之子，向着大地歌唱　毕福堂 / 122
"冷眼"好看云起时　杨治国 / 127
山魂水魄总关情　冯建国 / 133
诗言志——浅析李福龙的《山魂水魄》组诗
　　李竹林 / 137

临江仙
太行山颂

2003年9月

巍巍太行八百里,
水深、林密、云腾。
山花烂漫野果香,
处处鸟儿唱,
奇峰刺苍穹。

弹指间数千春秋,
转换几多时空。
烽火硝烟壮哉图,
最数抗战篇,
"八路"真英雄!

巍巍太行山

2004年5月

一

名山若星众茫茫，
东方有山名太行。
峰秀水美树杂花，
步入山中胜天堂。

二

极目太行千山青，
傲然屹立万古雄。
虎踞龙盘云水秀，
笑傲江湖任飞腾。

三

千山万壑八百里,

太行山水天下奇。

登临环宇无数山,

唯尔"第一"不可移。

四

梦里常呼太行名,

山魂水魄总关情。

一草一木藏奇志,

屹立东方一条龙。

五

山泉小米养大我,

悠悠岁月成蹉跎。

梦里常思山水情,

毕生求索汇成歌。

五台山抒怀

登北台顶

1990年7月26日

五峰化作五台顶，
万壑千岩造化神。
回首脚下白云舞，
吾身已在积雪峰。

台顶－漫步

1990 年 7 月 26 日

台顶碧溪荡清波，
白塔佛光普瑞多。
美哉清凉胜景地，
巍峨庙宇尊万佛。

东台观日出

1990 年 7 月 27 日

炎夏七月山风吼，
夜半登山着军裘。
云层纵横若大海，
众生惊呼红日出。

东台再观日出

2000年7月6日

1990年7月曾登五台山东台观日出，十年后有幸再登东台，实乃缘分所系，归途中余兴不减，脱口而吟。

路险星烁月朦胧，
观日再攀东台顶。
承蒙佛佑天作美，
今晨日圆大且红。

五台山感赋

1997 年 8 月

五台峰高耸,
屋脊甚嵯峨。
山头浮瑞霭,
四时飘飞雪。
演化清凉境,
犹临童话界。
满眼庭树翠,
野花漫山坡。
俊鸟互喧鸣,
甘泉崖边落。
台山极盛事,
举办旅游月。

年年来者众,
相约已成俗。
游人日逾万,
云集四海客。
馆驿皆爆满,
庙殿诵经歌。
商贾交易频,
成交额数多。
石阶遍山新,
索道登黛螺。
白塔刺蓝天,
金佛莲花座。

和平大法会，
禅门盈香火。
悠忽飘细雨，
湿道微风和。
信客拜佛门，
但求佳运多。
对佛善言敬，
已错则避过。
吾说真做人，
拜佛仅形式。
关键在常时，
行善不作恶。

民本固己心，
苦即化为乐。
人民养育情，
时刻铭心窝。
努力求上进，
何惧碰波折。
谋事任由己，
成败天操作。
坦荡毕生路，
即可成"正果"。

王莽岭放歌

2006 年盛夏 7 月登王莽岭有感

王莽岭上眼界宽,

晋豫两省一把揽。

探身悬崖可掬云,

攀援树梢头碰天。

近赏奇妙峰又峰,

远望青岱山复山。

松声鸟声成交响,
山花野花竞争妍。
轻雾升腾变云海,
微风徐徐天然扇。
山中云间屋舍亮,
悬崖偶见采药汉。
无边景色在险峰,
导引行者勇登攀。

华北明珠锡崖沟

2006 年 9 月

一

山披云衣树戴花，
蜿蜒公路壁间挂。
泉响鸟鸣蛙蝉唱，
拨开云雾见人家。

二

山奇胜过张家界，
水幽赛过九寨沟。
人勤气死老愚公，
锡崖美名天下留。

北武当山抒怀

2009年8月7日

  2009年盛夏，接省摄协通知，令吾拍摄北武当山景，拟出版《山西百景》。然7月下旬至8月初阴雨连绵20余日。但催稿在即，因而不得不撞撞运气。8月6日赴北武当山，入夜仍阴云密布并夹杂小雨，着实令人犯愁而久难入眠。困乏中刚入睡，忽梦久雨顿晴、天高山阔、阳光明媚、云白天蓝，真人间仙境也！翌日早起，梦境复现，但见山着雾衣，野花烂漫，百鸟鸣唱，骄阳高照，奇山奇景中只听到同行者悦耳之快门声，令人激动、兴奋。半山小憩，禁不住脱口而吟……

谁道雨久潇，

敢借风力巧。

梦中武当景，

晨来眼前绕。

天阔行云飞，

山深薄雾飘。

朝晖映花树，

童心人不老。

盛夏登崂山

1995 年 7 月 26 日

崂山探绝壁,
巍峨早忘年。
入林惊树鸟,
崖边听流泉。
古树着墨绿,
主峰飘云烟。
遥知登高处,
忘却在人间。

再登崂山赋

1998年8月2日

峰岚树翠山如画,
崂山云深隐仙家。
碧水银滩游人戏,
纳凉休闲巨树下。
清风徐徐拂凉意,
海水忽忽飞浪花。
白昼览胜山水间,
夜半围坐话桑麻。

登黄山感赋

1996 年 7 月

悬崖绝壁生巨松,
峭峰险峻腾烟云。
飞鸟惧高绕道飞,
勇士偏喜登险峰。
水鸣鸟唱成诗画,
树舞花笑迎嘉宾。
攀跃天都极目处,
方信人间有仙景。

山海关赋

1991年10月

山海雄关峻，
因势巧开拓。
古来多战事，
此关称锁钥。
一夫立关上，
万夫飞魂魄。
今登城头处，
古战仿再浮。
滚木擂石动，
敌兵攻城速。
呐喊厮杀声，
历历震耳膜。
南望海浩渺，
北观山巍峨。

东方映碧霞，
西去城寥廓。
关内复关外，
今昔大变革。
江山成一统，
红旗永不落。
人民自当家，
安居又乐业。
莺歌燕舞声，
随处可定格。
古关换新颜，
城头尽游客。
祈愿雄关健，
永不燃战火。

暑日游藏山

1993年8月6日

盛夏难耐避酷暑,
携友攀跃藏山头。
树绿山岚楼阁峻,
清泉涓涓鸟鸣啾。
除却都市一片热,
游人纷至山更幽。
"藏孤"一曲唱不尽,
良臣忠烈垂千古。

春登老顶山

2011 年 4 月 28 日

老顶山头沐春晖,
百草堂畔彩云飞。
炎帝屹立极顶处,
欣逢盛世笑微微。
亲尝百草济苍生,
留得美名千古垂。
回眸华夏兴衰史,
神农造化一星魁。

秋游宁武天池

1997年10月9日

天降碧波水一泓，
高山镜泊悬半空。
鸥鹭翱翔两三行，
黄花红叶五六重。
轻舟徐徐荡湖面，
涟漪圈圈笑帆影。
山水相恋景依依，
天地和合意蒙蒙。

吐鲁番精美房屋之奇

2003 年 6 月

吐番高屋奇，
非砖非水泥。
精美建筑物，
块块是土坯。
并非人大胆，
千年不降雨。
无雨葡萄旺，
神仙亦赞美。
天山雪水纯，
坎儿井引水。
人定可胜天，
壮举传万里。

西行随吟

1998年10月

飞渡天山

神鹰飞跃九重天,
舷窗低垂达天山。
山岚云轻映白雪,
古道雄关千峰远。

戈壁滩放车

千里行车戈壁滩，
车少人稀沙草妍。
偶见野驴奔驰急，
敢与汽车决快慢。

吐鲁番感怀

土坯筑高屋,
依赖不降雨。
坎儿井真神,
葡萄天下奇。
高温人难耐,
偏生美少女。
大漠故事多,
景色世间稀。

天 池

遥望天山雪重重，
连绵峰峦树森森。
一池绿水山间卧，
万人感慨不虚程。

高昌古城

蛛网密布断垣间,
昔曾人盈马蹄欢。
遥想当年繁华地,
忽叹岁月奈何天。

伊犁大葱

（一）
伊犁秋高无微风，
忽望葱田波浪涌。
疑问顿生近前探，
农家挥汗刨大葱。

（二）
葱长七尺装车中，
车未载满辕已弓。
毛驴累得喘粗气，
村妇扬鞭喜气盈。

（三）
伊犁大葱味道醇，
食之顿觉口生津。
凉拌烹炒皆可为，
此葱果不同彼葱。

雁门关

1999 年 4 月 19 日

山西雁门关,亦称雁门山,古称勾注山。相传每年春天,南雁北飞,为筑巢常口含芦叶。但飞越雁门时,因山高每每飞不过,必须吐掉口中芦叶,轻装飞翔方可逾越矣。

一

雁衔芦叶过雁门,
勾注山高忽心惊。
盘旋数度难逾越,
弃叶提气壮北行。

二

春花遍野山色岚,
群峰挺拔现雄关。
自古兵家必争地,
单兵抵万一天险。

雁门关秋高

2001年10月9日

蜿蜒山峦洒秋阳,
雄关古道固边疆。
烽火硝烟成往事,
雁门威名仍传扬。
仰望古关兵争地,
远眺新景国盛强。
今非昔比天地变,
胡汉一家喜安康。

天眼看凡尘

2002年11月

深秋时节,初雪即晴。万米高空,飞赴西藏。俯视青藏高原,惟余莽莽,景色悠悠,能见度极佳。风光与他处相比,大有不同,越看兴致越浓,难奈喜悦兴奋之情,急速连连按动快门。飞机落地,速将胶片冲印处理,阅片大喜,即兴吟之。后《火花》杂志以"天眼看凡尘"为题发表风光组照,故而才改出诗题及首句。

天眼看世界,

顿觉景色殊。

雾霭笼群峰,

瑞雪罩山头。

路网如蛛丝,

车马若蚁蝼。

百川似模块,

河湖如凝固。

纵使大师笔,

难绘此妙图。

斗胆举相机,

偶得美景留。

鹳雀楼抒怀

一

昔人多咏鹳雀楼,
穷目千里攀登苦。
而今我谓此景观,
楼内风光亦风流。

二

滔滔黄河楼畔流,
无私无畏更无求。
凭楼远眺天边景,
华夏雄姿一望收。

黄河岩画赋

2008 年 9 月 27 日

万里黄河滔滔,景观多多,唯碛口古镇上游数公里处,惊现一段奇迹,这就是"黄河天然岩画",一经发现,名传华夏。2008 年夏末,省影协组织赴此处拍摄此景。那日光线奇佳,船行至岩画处,但听咔嚓嚓的快门声,记录下这一天然形成的美景。后在平遥国际影展上,我们又将此制成百米画卷展出,观者可谓盛况空前……

一

山作宣纸水作笔,
天然岩画世间稀。
日夜雕琢不懈怠,
录尽沧桑写神奇。
神工鬼斧绘史诗,
自然造化大写意。
刻尽万物美哉图,
画就千年变幻戏。

二

天下文字出此处，
地上冷暖壁间题。
离合悲欢图幅幅，
苦辣酸甜影依依。
纵横交错画中画，
上下研读奇又奇。
仰观神图思绪滚，
回船凝望不忍离。

杀虎口怀古

2007年10月2日

古道雄关杀虎口,
塞外大漠新绿洲。
车水马龙宾客多,
关内关外信天游。
昔日胡汉争天下,
此关必争战事稠。
而今建设新家园,
兄弟同心绘美图。

秋游新疆禾木

> 新疆禾木号称西北第一村,尤其秋至,景色更佳。

西北有禾木,
世外桃花源。
深秋时节至,
神画入眼帘。
树呈斑斓色,
水映彩画间。
才观山头景,
又忙小溪边。

两眼四处扫，
一步一景观。
炊烟林中游，
牛羊草甸欢。
左拍黄金叶，
右摄红叶颜。
前探新景色，
后恋百树妍。
同行呼归去，
始知天已晚。

秋读喀纳斯

2010年9月26日

松绿枫红黄金树,
云白天蓝翡翠湖。
天公挥舞神奇笔,
造化北国秋色图。
月亮湾①映迷幻画,
神仙湾②飘朦胧雾。
山河娇艳童话景,
芬菲如画竞风流。

①② 月亮湾、神仙湾均系喀纳斯区域内的湾名。

盛夏登和顺云龙山

2010年8月13日

久闻云龙可牵魂,
盛夏携友登龙峰。
阴霾数日忽睁眼,
天蓝云轻赠游人。
轻风微拂疑秋至,
鸟啼蝉唱和松声。
烦心尽去咏仙意,
童心浩荡洗凡尘。

夏县感怀

2010年10月9日

大禹治水，丰功伟绩，福泽四海，万民拥戴。众即劝其称帝，推让不过，遂选夏县安邑建都即位，从此天下有了第一个城市。今吾辈至夏县追昔，当然顿生感慨……

一

禹即帝位选夏县，
华夏文明开新篇。
安邑创建第一都，
始有"城市"新概念。

二

城市农村大不同，
推进人类新征程。
生产生活齐飞跃，
安邦治国万民颂。

夏县柿子红

2010年10月9日

座座山头秋意浓,
峁峁梁梁柿子红。
村村寨寨采摘忙,
柿子唱响致富经。

夏收时节

2002年6月6日

晋南麦区的收获时节，千里原野一片金黄，机声隆隆，麦农忙忙，其情其景，着实壮观。

茫茫麦野机声鸣，
习习夏风报佳音。
户户农家少闲月，
处处麦香沁人心。
袋袋新麦入新仓，
家家新酒庆新丰。
忙忙碌碌年复年，
年年岁岁盼新春。

和顺秋兴

2010年10月17日

金秋十月,和顺山色分外艳丽,五彩斑斓,七色世界,身临此景,忘却人烟……

霜叶红透山谷间,
满坡金黄映眼帘。
峭壁奇峰巨松翠,
洁白芦苇衬蓝天。
河畔不时蛙声鸣,
林中鸟唱疑笛弦。
秀色佳景可勾魂,
真彩世界天地宽。

水峪山放歌

2010 年秋月

水峪雄奇峰连天,
中条华山挂两边。
谷间飞云似轻纱,
峭壁舞瀑若玉团。
树笼群峰绿森森,
鸟鸣深树歌连连。
休闲游乐童话界,
漫步天梯心悠然。

太白山感言

2011年6月2日

终南山高伟,
主峰在太白。
一日历四季,
无处不精彩。
山下树深绿,
山腰百花开。
山肩秋叶红,
山头白雪皑。
蝉鸣林幽远,
鹰破祥云来。

悬崖挂飞瀑，
流水唱高台。
风随山势增，
谷间生云海。
登顶疑成仙，
仿佛又童孩。
阅山胜读书，
愚者顿有才。

再登黄山

1999 年 7 月

天都峰顶摘星斗，
北海峦畔沐雨雾。
玉屏崖间赏奇松，
始信黄山佳景殊。

注：天都、北海、玉屏、始信峰皆为黄山景观。

春游香山赏白玉兰

2001年5月

洁白如玉香如兰,
云涌雪堆虬枝间。
笑对七彩斑斓春,
丽质天生自傲然。

浪淘沙
北戴河

1995 年 8 月

当年毛泽东主席曾在北戴河作过一首《浪淘沙》,我于童年时即崇拜万分。今有幸也到北戴河,纵观山岚海景,思绪纷飞,忆主席大作感慨万端。海边归来,兴犹未尽,故斗胆步主席原韵,诚填一首,以自乐也。

晓光漫幽燕,
阔海连天,
岛内远征打渔船①,
出海归航方得见,
猎向远边。

弹指四十年，
十亿扬鞭，
如今碣石②谱新篇。
满目春色随处是，
秀美人间。

① 远征打渔船系指为保护近海鱼类生长而组织大型船队远航作业，一说近海已无鱼可捕。
② 碣石系山名，原在北戴河附近。汉时尚在陆上，六朝时已沉入渤海。公元207年曹操北征乌桓曾路经碣石山，并写下《观沧海》一诗。最佳的几句是"东临碣石，以观沧海"，"秋风萧瑟，洪波涌起"。

北戴河

1995年8月

北戴河畔景色殊,
炎夏犹似度初秋。
滩边游人如潮涌,
浅海游客戏浪稠。
烦愁酷热洗却净,
大海尽吸满天暑。
如此胜景无次第,
难怪经年作夏都。

云雾奇观

1997年6月

奇云峭岩游,
轻雾绝壁浮。
雾腾即成云,
云垂又作雾。
原本皆为水,
升腾幻形畴。
而今互攀葛,
描得山色秀。
忽闻山歌亮,
寻声出何处。
但见云雾里,
村姑放歌酷。

壶口瀑布观感

1997年6月

壶口飞瀑向往已久，今得以亲临，感慨万端，思绪飞扬，欣然舞笔。

五十元券一骏图，
壶口雄姿方寸收。
蜚声中外名气大，
世人无不思壶口。
而今伫立壶口畔，
眼底风光果真殊。
奔腾咆哮黄河水，
聚集谷口放声吼。
如雷轰鸣似马腾，
恰若雷霆万面鼓。

激流何惧悬崖险，
争先飞跃成瀑流。
气浪升腾冲天笑，
峭壁顿时卷迷雾。
骄阳映射水帘上，
一道彩虹凌空走。
滚滚飞瀑从天降，
惹得游人齐欢呼。
探身崖边望谷底，
凉气悠悠袭心头。
如此胜景世间稀，
美哉壶口天下秀。

壶口感怀

1998 年 5 月

黄河万里征程急,
前浪常被后浪推。
涌经壶口齐聚集,
化作金珠展翅飞。
壁陡崖险喷冷雪,
铁马金戈鸣惊雷。
喧啸转壑织奇瀑,
笑傲群峰逞神威。

再观壶口飞瀑

1998 年 6 月

重踏壶口观瀑台,
思绪滚滚萦心怀。
层层黄河浪花水,
壶口嘴上展霓采。
瀑花飞溅凌空舞,
珠帘高歌正义来。
尽纳人间苦乐事,
日夜奋蹄向东海。

再读壶口

2002年5月

再来壶口,感受又即升华,不由感慨,即下笔。

禹凿深潭造壶口,
浪狂涛鸣成黄瀑。
水底无龙掀巨浪,
天空无桥霓作舟。
雾霭喷射冲云霄,
涛声咆哮向天吼。
掣电挟风不知倦,
虎哮龙腾写春秋。

再赏壶口飞瀑

2003 年 8 月 9 日

黄涛飞泻卷云天,
狂舞亢歌峡谷间。
一幕巨瀑惊天地,
万世弹奏正义篇。

念奴娇
壶口飞瀑

2003年7月9日

每一次观壶口,感受各不相同,它总令人神往,令人忘返,令人浮想联翩……

九曲黄河,
忽紧束,
喷涌举世飞瀑。
万道浪花跃悬崖,
似巨鼓震壶口。
蛟龙戏水,
猛虎唱吼,
溅起漫天雾。

正惊诧间,
又现彩虹当头。

伫立岸边观瀑,
顿生感悟。
叹黄龙滚滚,
春秋冬夏奔大海,
洒英姿不停步。
何俱艰险,
高歌一路,
笑傲万重阻。
谁敢挡汝?
尽显万般风流!

尼亚加拉大瀑布

1998年6月

一幕巨瀑贯美加，
两地①早闻其声大。
百国游人慕名至，
万姓欣观景中画。
声如雷动传数里，
瀑似飞花从天洒。
夜来彩灯映瀑时，
晃若仙境碧天挂。

① 两地，指美国和加拿大，尼亚加拉大瀑布横跨两国。

九寨沟抒怀

1999年3月18日

水翠山岚树芳菲,
贪顾佳色累细腿。
七彩海湖览阅尽,
九寨归来不看水。

农家喜雨

2001年3月

春雨滴滴一夜浇,
点点新绿忽增高。
万户雨歇行沃野,
千家喜气挂眉梢。
林前晨雀歌新语,
屋后归燕补旧巢。
最是一年春好处,
甘霖润物百花娇。

晋祠风采

2001年7月16日

到晋祠已不计其数,早就想写点什么,但常难下笔。今又到晋祠,忽觉特殊,绕祠一圈,意犹未尽,坐于柳荫下、石阶上,信口而占。

悬瓮山下晋祠,
如歌如画如诗。
圣母殿堂生辉,
难老泉水明浞。
鱼沼飞梁奇特,
水境台吟晋史。

对越坊刻沧桑，
铁人职守多世。
山青水美树茂，
亭台楼阁骄姿。
蝉鸣鸟啼蝶舞，
花香竹翠雅致。
身处如此胜地，
晃若仙境神驰。

云冈石窟感赋

2001年5月重游云冈咏

华夏魄宝云冈窟,
北魏神工塑众佛。
巧融中西上乘技,
千五百年盛誉多。

战 SARS

2003年5月17日

突如其来涌劫波,
SARS 猖獗人染疴。
笑对毒匪挥利剑,
神州十亿尽华佗。
科技攻关利新器,
全民防控齐操戈。
毒魔顽凶消杀尽,
人定胜天唱浩歌。

非常时期感赋

2003年5月18日

癸未早春不寻常,
非典突发肆虐狂。
谈疫色变人自危,
三产忽受大影响。
公交车停七八成,
旅游景点更凄凉。
多数学校放了假,
饭店大都不开张。
宾馆客稀人少住,
娱乐场所空荡荡。
出行重复受查验,
卡堵游子难归乡。
一般病患避就医,
消毒防病药价涨。

瘟疫无情人有情，
众志成城上战场。
锦涛家宝临疫区，
扑灭 SARS 靠吾党。
举国防控棋一盘，
十三亿众斗志昂。
立体防控惊天地，
科技攻关艺高强。
白衣斗士施法宝，
捷报频传凯歌扬。
消杀毒怪有奇招，
狠抓经济奔小康。
两手皆抓不松劲，
一鼓作气兴国邦。
欣看灭绝 SARS 日，
华夏展翅更高翔。

摄影偶感

1998年6月，赴美飞行途中偶思。

一

1998年6月5日

飞临极目处，
翼下群山小。
冷眼①观世事，
热手掠奇妙。

---

① 冷眼指照相机的镜头。

二

1998 年 6 月 6 日

广交四海宾朋,
博摄五洲风情。
闲暇邀友品味,
顿觉悦目赏心。

三

1998 年 6 月 9 日

大千世界一瞬收,
奇光异影聚美图。
踏遍万国无倦意,
处处佳景将心揪。

四

1998年6月16日

手持一镜创神奇，
游子出行常不离。
敢问天下好去处，
必引吾心永着迷。

五

2003年3月

行摄天下意悠悠，
乘风踏浪搏激流。
笑问客向何处去，
如诗如画信天游。

再论摄影

1998 年 11 月

绚丽缤纷世间景,
永驻瞬间赖摄影。
咔嚓声中讲究大,
写真光影趣无穷。
越练越感功底浅,
越钻越须学问精。
偶获佳作忌躁满,
高峰呼唤再登临。

雨后秦皇岛海滩即景

1994年5月

一

雨住阳出天初晴，
海阔潮急雪浪涌。
帆板飘忽浪之巅，
弄潮健儿戏波峰。

二

海水湛蓝天满霞，
一滩游人忘却家。
偶碰潮涌湿青衫，
心中笑作一团花。

游洪洞大槐树偶题

1998年5月6日

东西南北客来广,
男女老幼集槐乡。
明代祖籍迁出地,
今朝槐花依旧香。
观树阅碑寻祖姓,
把酒弄杯话沧桑。
临别频频回首顾,
岁岁年年思槐王。

吟太旧路

1997年6月25日

山西第一条高速公路太旧路通车仪式后首行太旧高速路,两旁万众欢腾。车中心悦,口占如后。

穿山凿壁洞连洞,
飞空牵手桥复桥。
桥洞相连神来笔,
造化太行万山娇。

太旧高速公路通车
典礼现场即吟

1997年6月25日

儿时早闻高速路,
三十年中半尺无。
而今"太旧"跨群峰,
从此鸟道变通途。

姜女庙

1991 年10 月

姜女庙,原名贞女祠,在山海关东6.5公里的望夫石村北凤凰山上。该山是座孤山,南面紧临大海,姜女坟在海水里静卧,北面即是万里长城。立于望夫石上,睹物思情,真个是荡气回肠思绪万千。时值深秋,信口占来。

姜女庙前秋草萋,
望夫石畔鸟归啼。
风催老树飘黄叶,
波涛起处唱烈女。

卜算子
乘特快舰游长江偶感

1998年7月23日

7月22日晨从重庆起航,晚9时至宜昌。

朝发江之头,
暮抵江之尾。
千年梦幻今得现,
日跨一江水。

水画映眼帘,
佳景铭心扉。
一路笑语一路歌,
碧波扬万里。

龙年引吭

2000年2月

新国弹指五十年,
醒狮挥毫著新篇。
一条巨龙长空舞,
九霄神话现人间。
特色改革胜尧舜,
荒石顽铁变金山。
华夏傲立世界林,
放歌高颂艳阳天。

新世纪国庆中秋

2001年10月1日

2001年，国庆中秋恰逢一日，可谓一奇也，又逢新世纪，吾国好事连台，即兴咏之。

国庆中秋同日排，
喜上加喜彩中彩。
天际一轮明月笑，
人间万民唱喜来。
才庆申奥大功成，
更喜入世指日待。
赏月共话迎明月，
十二亿众皆英才。

秦兵马俑感悟

2003年6月

秦皇不愧第一帝,
陵外兵坑已称奇。
金戈铁马平六国,
兵俑铜车雄姿依。
一统华夏树伟业,
文字度量从此齐。
帝虽逝去数千载,
耳畔犹闻战鼓擂。

聪明与糊涂

2002 年 7 月 12 日

聪明变糊涂,
康乐伴君走。
糊涂变聪明,
狂自显身手。
糊涂装聪明,
常被捉大头。
聪明装糊涂,
可谓老江湖。
糊涂复糊涂,
人牵鼻子走。
聪明加聪明,
反被聪明误。
顺其自然行,
一世皆坦途。

简单与复杂

2003年6月

复杂问题化简单，
众人皆赞是圣贤。
简单问题变复杂，
众人笑其是蠢蛋。
寻求简单常不易，
制造复杂却简单。
只要君系平常心，
快乐健康常相伴。

位与为

2003年2月

有为才有位，

有位应有为。

在位不作为，

必遭众人议。

无位乱越位，

会出大问题。

做好本职事，

位卑亦有为。

煤炭工业试点政策调研有感

2003年6月

2003年6月，随国家煤炭工业可持续发展调研组一行赴阳泉、大同、朔州调研。阅资料、探矿井、搞座谈，方知山西建国以来已挖煤百亿吨。夜难入寝，浮想联翩，感慨万分。

一

百亿吨煤出山西，
建设国家贡献巨。
吨煤损水"二四八"[①]，
地质沉陷更可气。

[①] 两院煤炭专家认定山西挖煤1吨损耗2.48吨水资源。

二

百亿吨煤出山西,
持续发展硬道理。
英明政策将出台,
此番调研非务虚。

注:国家调研组回京后不久,即将调研资料向国务院汇报。不久,国家就出台了有利于山西煤炭工业可持续发展的政策,并设立了"可持续发展基金",为山西的经济发展插上了翅膀。

诗联句
（一至九句）

2007年春

山，西。

富饶，秀丽。

山连山，水复水。

表里山河，龙脉宝地。

五千年时空，一幕幕演绎。

黄河流域文化，博大厚重深邃。

三晋英雄传奇多，四海称颂扬国威。

晋风晋韵引吭高歌，晋山晋水令人沉迷。

不登晋土枉为一世身，读懂山西人神两依依。

汶川救援

2008年5月15日

五月十二倒春寒，
地裂山崩袭汶川。
救援队伍真神速，
誓与死神抢时间。
废墟即是主战场，
夺秒争分闯难关。
一线希望百倍力，
奇迹浮现再浮现。
号角声声催人奋，
遍地英雄不下鞍。

赏刘增民毛体书法展有感

2009年9月

今观刘增民的"毛体书法展",心情十分激动,感慨万千,流连很久,不忍离开。至中午1时许,同行者提醒方别。回来后仍被书者那一幅幅精美的画卷,引领到那激情燃烧的岁月……

三晋书坛刘增民,
八方频扬其美名。
孜孜数载书毛体,
赤胆妙笔燃豪情。
幅幅佳作唱史诗,
条条美卷展龙城。
观者如云忆旧岁,
万众仰赏思伟人。

卜算子

咏胡杨

2009年10月

2009年深秋时节,西行数千公里至内蒙额济纳旗拍摄胡杨。大漠胡杨之美令人震撼、振奋……

梦里寻数度,
终见胡杨树。
大漠万木皆枯萎,
唯尔春潮注。

金甲展雄姿,
笑看百花妒。
昂首屹立数千年,
美名扬九州。

和顺"牛郎织女节"感怀

2003 年 6 月

和顺县松烟镇"牛郎峪"、"南天池村"地处太行山中段,海拔1800米,辖区内的地名十分有趣,有"牛郎峪"、"喜鹊山"、"南天门"、"天河池"、"老牛口"等一系列和"牛郎织女"传说相对应的地名。据当地老人讲,这些地名千年来就是这样叫的。这一带山头云雾缭绕,峰崖险峻俏丽,因此将其命名为"牛郎织女"之乡,众人无不折服……

一

儿时夜半望太空,
常听老人话繁星。
历历众星遍讲处,
"织女牛郎"最动人。
而今踏上和顺土,
顿觉神话忽成真。
"织女"凡间遗迹多,
"牛郎"鞭声幽谷鸣。

二

和顺地处太行山，
百姓安居画中间。
"南天池"畔"牛郎峪"，
"天河梁"携"喜鹊山"。
水翠草青耕牛壮，
粮丰林茂大有年。
顺和欢乐世间景，
神仙垂望思下凡。

三

遥望银河宽且长，
隔河恋望两茫茫。
人间早兴自由恋，
天上亦应快开放。
我欲乘风飞太空，
疏引银河灌八方。
"牛织"从此天天会，
何分凡间与天堂。

庚寅端午看世界杯感叹

2007年6月

时逢端午月如钩,
环球焦点聚非洲。
五洲健儿掀风云,
四海英雄争一球。
可叹国足未出线,
屈原对月亦应愁。
祈愿生铁速成钢,
绿茵场上竞风流。

十届平遥国际摄影节感言

2010 年 9 月 26 日

2010年9月21日率省摄影协会物价摄影分会百余人参观平遥国际摄影节,行者无不赞叹影展越办越好、越办越精,回程路上仍余味无穷……

十届影展,笑迎嘉宾,
轰动平遥,人如潮涌。
个人展区,精彩无限,
幅幅佳作,异曲同工。
五光十色,风格迥异,
千变万化,图解美景。
茫茫世界,尽录瞬间,
幻幻妙影,诉说人生。
行家赏析,观者感悟,
互动之间,饱含激情。

沁园春
中华崛起
2011 年元月

泱泱大国，
十三亿众，
史五千年。
长城万里雄，
黄河长江，
沃野茫茫，
秀美山川。
华夏文明，
精深博大，
领人类进程之先。
惊天地，
众英雄豪杰，
纵马挥鞭。

东方神龙再现,
铸辉煌大业看今天。
笑老牌帝国,
昔日列强,
称雄一世,
威武不见。
中华醒狮,
只争朝夕,
图强发奋建家园。
瞻未来,
看世界之林,
中华通天。

初识巴黎

1996 年 8 月

儿时早闻法兰西,
今朝有幸抵巴黎。
铁塔之上观市容,
凯旋门下听传奇。
塞纳河中赏夜景,
卢浮宫内写真意。
古老文明故事多,
公社革命震寰宇。

儿时追忆之一

小水库泳趣

儿时，一夏日午后，数童伴赴村后小水库戏水玩耍。山区小水库修建时，库区内的许多人工所凿小水井皆淹没其间，吾在游泳时不慎落入其中一井底，差点伤命，可谓不幸之中大幸也，现追忆如下：

赤条条跃入库里，
乐呵呵翻浪戏水。
谁曾料下有暗井，
落其中浑身发虚。
一念间身往下沉，
刹那时已至井底。
耳际听水声忽忽，
心暗想小命休矣！

抖精神奋力一蹬,
如箭般向上腾飞。
出水面浪花飞溅,
吾心中又惊又喜!
童伴们担心顿解,
齐拍手欢声笑语。
年少时虚惊一场,
总令人毕生追忆。

儿时追忆之二

煤 油 灯

儿时,太行山村尚未通电,而当时山村小学均开晚自习课,时间大都在 20 时至 22 时。对当时的孩子,煤油灯是必不可少的。

废旧墨水瓶,
改做煤油灯。
夜来上自习,
全赖此照明。
自习课毕后,
提灯结伴行。
乡间崎岖路,
笑语绕歌声。

水调歌头
黄河神韵

2011年2月

滔滔黄河水,
点点慈母情。
滚滚惊涛自天来,
东方有神龙。
腾跃峡谷群山,
笑傲时事风云。
大地之血液,
中华之摇篮,
民族之精神,

顺风雨，
造沃野，
显神通。
千年传唱，
华夏文明歌不尽。
辈辈黄河儿女，
屡屡创造奇迹，
母亲在心中。
今朝创盛世，
再谱新神韵。

瞻仰石楼毛泽东路居

2002 年春

1936年2月6日,毛泽东主席率领红军东征,过石楼县时天公突降大雪,一派奇特的雪日景象,十分壮观。面对此景,伟人于此创作出惊世之篇《沁园春·雪》。

后此词传至重庆,蒋介石看后大惊失色,忙组织御用文人应对《雪》词,并扬言一定要超越毛词。而当看过这些人的作品后,蒋更加气急败坏地骂娘:"娘希匹,一群废物。"

几十年来,海内外众多专家学者研究该词,均称:"此词可抵百万兵。"

一

大军东征宿此村，
时逢一夜瑞雪纷。
伟人触景顿挥毫，
举世传唱《沁园春》。

二

绝唱奇词传重庆，
蒋公读后顿惊魂。
文章社稷关联乎？
《雪》词一曲定乾坤！

2006年5月9日至12日,华北地区大面积降雨,而永和县更是连续数日阴雨绵绵,无任何短期晴天之迹象。但5月12日上午,当红军东征纪念馆揭牌仪式上《东方红》乐曲响起时,奇迹发生了。只见乌云散去、红日当头,数道祥光从纪念馆上空喷射而出,恰似八一电影制片厂的开篇画面。顿时,全场掌声雷动,一片欢腾。更为神奇的是,几年来立于馆前的毛泽东巨型铜像,无论是晴天、雨天,每日下午3时许都会从伟人的手指间,不间断地向下滴水。真乃天意,人不可为之也!

为张继宗《古驿善福》一书题

2011 年5月

善行多吉祥,
福依勤奋旁。
古训育人杰,
镇兴铸辉煌。

美国归途有感

1993年7月赴美有感

有国美利坚合众,
楼高车多人匆匆。
科技发达领新潮,
商品充盈市繁荣。
同行边看边感慨,
果然帝国领头人。
吾辈决不可气馁,
赶超老美树雄心。

俄罗斯感怀
——叹莫斯科机场

2011年7月

超级大国何处寻,
首都机场似荒城。
盛暑酷烈无空调,
地裂墙旧候机厅。
入关检验效能低,
人员懒散慢腾腾。
如此景况人皆叹,
俄族何日再复兴?

烈火重生
——焦炭之歌

2012年1月9日

你从地壳深处走来,
经历几亿年的等待。
你在烈火中重生,
炼就壮士的气概!
你燃烧自己、铸造万物,
世界因你而精彩。
从衣食住行,
到航天潜海,
你的身影无处不在;
从中华大地,
到异国海外,
你的作用无可替代。

你是力量的源泉，
彰显博大的胸怀。
你是文明的使者，
谱写人间的真爱。
你是大地的骄傲，
创建美好的未来。

山魂水魄

2011 年 3 月于水峪口

山村是我家，
山林是我魂，
山风壮我胆，
山歌伴我行。
山珍山宝养育我，
顶天立地山里人。

水岸是我家，
水瀑是我魂，
水浪壮我胆，
水涛伴我行。
水生水长渔家乐，
勤劳善良水乡人。

自然之子，向着大地歌唱
——李福龙诗歌简读

毕福堂*

今夜真美啊。

月亮高挂中天，把它皎洁的银辉——不论危耸云端的高峰，还是身居谷底的小溪，均匀地挥洒在每一寸山河的版图上。放眼望去，上党盆地的山山岭岭、沟沟壑壑宁静而浪漫。"后羿射日"、"精卫填海"、"神农尝百草"等千百年来繁衍不息的神话与传说，在这炎炎的七月，这诗一样朦胧、歌一般温馨的季节全都开花啦。在这醉人的朗朗月夜，灯下捧读诗人、摄影家李福龙的诗作，内心的愉悦难以言表。那一个个如梦似幻的意境，一幅幅感人肺腑的画卷，搅动得我怦然心动，久久难以平静……

最早听闻李福龙的大名，得缘于省内乃至国家级的各种报刊摄影作品里。后来，从一些文朋诗友中，我才知道他还与我是咫尺之遥的老乡——他的家乡就在千年古县、东晋高僧法显的故里襄垣，而我的出生地正是上党战役主战场的屯留县。第一次的见面奇妙而巧合。他的办公室，竟然是30年前的1980年，我刚调入山西电视台的可以容纳四个人办公的房间。初次的接触，就给我留下了难忘的印象：这位事业有成、创作颇丰的故乡名人，全然没有一点官架子，看上去倒像是位亲善仁和的大哥。给人的第一直觉是：这的确是位人品、文品俱佳的可交之人。在这个物欲横流、世风日下的年代，能够结识这样一位意趣相投的长兄颇感荣幸。正由于此，每每碰上茫茫人海中难遇的挚友，我会倍加珍惜，终生不渝。于是，我们也就不难理解啦，李福龙能有今天，是与他的人格魅力、他孜孜不倦的治学精神密不可分的。读他的诗，字列行间，你能体察到，那是一颗有着对祖国母亲的爱、对故乡父老的情、对大自然山川河流痴迷的赤子之心在搏动。一句话，闪光的人性、深邃的知识、高洁的品德跃然纸上。

真正的好诗，它的字里行间，往往汹涌着作者难以抑制的澎湃的激情。对诗而言，激情是催化剂，是孵化箱，是轰然爆响的导火索。很难想象一个麻木不仁、血冷气凉的人能够成为一个引领读者或歌、或哭、或悲、或喜的诗人。真正的诗人，无疑是一个痴迷自然、挚爱脚下这块热土的"情种"。

数十年来，李福龙在拍摄了大量富有灵性的、充满诗情画意的摄影作品的同时，也创作了一批流淌着涓涓真情的诗词作品。在大自然之怀，他能从一草一木、一花一石身上发现美，挖掘到五彩缤纷的生活的珠串。为了获得创作的灵感，他早已"把自身切割成碎片，而后揉入到一切事物之中，使个人的生命与天地的生命融为一体"（台湾大诗人洛夫语）。正是凭着这种物我两忘的精神，他才在包罗万象的大自然面前，获得了无穷无尽的创作源泉。正如他说："我是太行山里长大的，我是农民的儿子，因此我心里深埋着太行山赋予我的一种情结，那是一种坦坦荡荡的、自自然然的东西，如同一座座陡峭的崖畔，如同一蓬蓬茂密的苇草，他们都赋予我一种灵性，一种冲动。这些感性的东西，也支撑着我的创作，并且在我的作品中，都无处不在地表露着。太行山的阳刚之美，是我所倾心的一种美感形态。太行山的深邃广博，是我创作的力量源泉。"为了进一步阐述他的赤子心音,他发自肺腑地说道:"你看到了我作品中那些田园牧歌式的情景了吗?你看到了我作品中那些富有灵性的山脉了吗?我内心所有的一切,都涵盖在里面了。"他的这段掷地有声的自白,是一个激情四射的诗人对其作品包含的人生感悟、自然情怀的最好诠释。因了这种情怀,他的诗句早已不是呆板木讷的方块文字,而是千姿百态的、涌动跳跃的大千世界在舞蹈。黄山是中国又一处名扬海内外的胜景,曾经吸引了无数人前往观仰。笔者也曾看过不少表现黄山的诗篇,但像李福龙笔下所展现出的生气勃勃、如痴如醉的绝妙境地,还真不多见。在《登黄山感赋》中,诗人的神来之笔,为我们勾画出了巧夺天工的巨幅画卷:"悬崖绝壁生巨松,峭峰险峻聚烟云。飞鸟惧高绕道飞,雄鹰偏喜戏险峰。水鸣鸟唱成诗画,树舞花笑迎嘉宾。攀跃天都极目处,方信人间有仙景。"读李福龙的诗作,我有一个强烈的感受,这就是:无论描山画水,他总是用炽热的情感,跳跃的意象,让一草一木、一花一石流动起来,飞舞起来。在他笔下,天地可以对话,草木能够交流。或许正因了"我作品中那些富有灵性的山脉",这世人见惯的黄山,才有了别样的风貌,异样的情趣。因而使作者情不自禁地"方信人间有仙景"了。另一首《云雾奇观》,简直就是一幅涌动的泼墨画悬挂在千里万里的天地之间,任你想象,令你感叹:"奇云峭岩游,轻雾绝壁浮。雾腾即成云,云垂又作雾。原本皆为水,升腾幻形畴。而今互攀葛,描得山色秀。忽闻山歌亮,寻声出何处。但见云雾里,村姑放歌酷。"全诗仅十二句，而出现雾的地方就有四处。这雾是带有灵性的雾，这雾是令人眼花缭乱的、赏心悦目的朦胧天使。它不仅能够在峭岩上游玩，还可在绝壁上沉浮。它一会为水，一会幻化成畴，而且能够"互攀葛"，相辅相衬，"描得山色秀"。令人叫绝的是最后四行的"忽闻山歌亮，寻声出何处。但见云雾里，村姑放歌酷"，在前八句把这变化无端、活灵活现的云雾尽情描绘一番后，作者笔锋一转，给读者突然造出一处"世外桃源"式的景观。原来在这云雾深处，还有一处自天而降的人间美景姗姗来迟登场啦。这就是"忽闻山歌亮，寻声出何处"。请注意，这里山歌亮的"亮"字，是典型的现代派通感手法的运用。山歌的歌是听觉，而亮字则是视觉。在这里，视听互通的通感手法的介入，使得该诗产生了耐人咀嚼的张力。而怎样的一位村姑在隐约闪现的云雾里放歌，她的身着、她的容颜、她的芳龄，则带给人们无限的猜测与揣摸。诗的美感也由此产生啦。

　　繁忙的工作之余，李福龙集诗、词、摄于一身，创作了大量表现祖国山河之美，反映人民苦乐悲喜的作品，给山西诗坛增添了独特的风采。相信在未来的岁月中，这位勤奋好学的太行山之子，一定会百尺竿头，更上一层，创作出更多、更好的作品。我们信心十足地期待着！

　　＊ 本文作者为《九州诗文》主编。

126 | 山魂水魄

"冷眼"好看云起时
——李福龙先生诗作读后札记

杨治国*

早就听说过李福龙先生是一位久负盛名的摄影家，一个偶然的机会，我拜读了他的摄影集《第一印象》。书中的一帧帧画面，不论是山水风光，还是民情民俗，或者是生活剪影、工作纪实，无不给人以极强的视觉冲击和心灵震撼。李先生对光影的运用，对客体的感知，对刹那间用快门所希冀表达的情怀、情趣、情思，一次次如流水跃过心间。我惊诧先生对生活高超的瞬间撷取能力。

然而，当我还漫步在他的画面世界的时候，又一个惊奇却飞落在眼前：我从《九州诗文》杂志上，一口气读了他三十多首的组诗《山魂水魄》，于是乎，我面前又呈现出一位诗养深厚的古体诗人来。他的诗格调清奇，意趣高远，或在溪边掠水，或在云端揽月，或在雪域悟佛，或在田间悯农。一首首咏叹下来，让人所感受到的不是纯骚客在赋闲弄辞，也不是俗文人在无病呻吟，而是诗人以自己饱满的情怀，在看在思在想在歌在咏在赞在叹。但让我最为惊奇的则是他取情取景取意的独特视角。正当我冥思苦想以求答案时，突然从他的一首诗《摄影偶感》中获得了顿悟。请看："飞临极目处，翼下群山小。冷眼观世事，热手掠奇妙。"他于此注曰："冷眼指照相机的镜头。"这不由得又使人联想起他的摄影集《第一印象》来。于是，我眼前一亮，心里登时醒悟：这不就是注解吗！诗人用摄影家的视角，用诗人的情怀，以"冷眼"观世事，其中所具有的正是诗人的"热手"、"热情"、"热爱"、"热烈"，更体现了诗人心中的光影、色彩、构图、真趣。于是，诗人用影像成咏的诗绪、诗情、诗意、诗声产生了云起月移、河哮山动、树摇花容,等等等等。一切的一切都凝固为充满和反射着光和影的诗:"云层纵横若大海,众生惊呼红日出。""满眼庭树翠,野花漫山坡。""奇云峭岩游,轻雾绝壁浮。""百川似模块,河湖如凝固。纵使大师笔,难绘此妙图。斗胆举相机,偶得美景留。"在李先生笔下,是诗的画,画的诗,诗的景,景的诗,让人捧读愈久,情景愈浓,诗画愈工。

刘勰在《文心雕龙》开篇"原道第一"中说:"文之为德也,大矣。与天地并生者,何哉?……仰观吐曜,俯察含章……惟人参之,性灵所钟。"并说"傍及万品,动植皆文"。读李先生的诗,题材之广,一览即知;仰观俯察,皆成妙诗;深品细参,诗性颇灵。"天眼看世界,顿觉景色殊。"(《天眼看凡尘》)"遥望天山雪重重,连绵峰峦树森森。"(《西行随吟·天池》)"神鹰飞跃九重天,舷窗低垂达天山。山岚云轻映白雪,古道雄关千峰远。"(《西行随吟·飞渡天山》)"天都峰顶摘星斗,北海峦畔沐雨雾。"(《再登黄山》)"梦里寻数度,终见胡杨树。大漠万木皆枯萎,唯尔春潮注。金甲展雄姿,笑看百花妒。昂首屹立数千年,美名扬九州。"(《卜算子·咏胡杨》)这些诗,诗人或以云端俯察,或由沙间仰观,无不是与天地同呼共吸,见万类而引诗兴,信手而来,句句生灵。这是诗人成熟技艺和思维的集中体现,也是诗人人文秉赋的深刻展示。

激情昂扬,神思飞扬,诗绪畅扬,是李福龙先生诗词的一个鲜明特点。读了他的诗词,给人的最大思想情怀感染力是积极、昂扬、向上,充满了对生活的热爱、对美的追求、对理想的憧憬、对事业的认知、对人生的奋搏。在他的诗中,你几乎看不到一丝一毫的伤怀悲情和厌世落魄,唐代几位诗人被称作写极了悲绪情愁的诗句,如"瘦马山中愁日晚,孤舟江上畏春寒"(张谓《杜侍御送贡物戏赠》);"汗马牧秋月,疲卒卧霜风"(刘湾《出塞曲》);"君不见空墙日色晚,此老无声泪垂血"(杜甫《投简咸华两县诸子》)之类的诗句,在李先生的笔下踪迹全无。你看他"桥洞相连神来笔,造化太行万山娇"(《吟太旧路》);"踏遍万国无倦意,处处佳景将心揪","广交四海宾朋,博摄五洲风情","敢问天下好去处,必引吾心永着迷"(《摄影偶感》);"白昼览胜山水间,夜半围坐话桑麻"(《再登崂山赋》);"朝发江之头,暮抵江之尾。千年梦幻今得现,日跨一江水"(《卜算子·乘特快舰长江偶感》)等等。这些诗句,与那些被后人称作写极了悲情愁绪的唐代诗人相比,让人何等畅快,何等亢奋,何等向上!著名古典诗词评论家叶嘉莹先生曾讲过一个观点,她说:"西方有一个思想文学潮流,叫做现象学。它所研究的是人的思想意识。当你接触到外面宇宙万物各种现象的时候,一种意识的意向性活动,因为词人(诗人)看到了外界景物,引起了他的意识的一种活动。主体的意识和客体的现象相接触的时候,主体意识就产生了一种活动,不管是他的思想、他的感情、他的联想,而这个活动不是盲目的,不是没有条理的,是带有一种意向性的。"(叶嘉莹《唐宋词十七讲》)如果我们沿着叶先生的思路去思考,李福龙先生的诗词,所反映出来的,用现象学的解释来说，正是诗人昂扬的态度、积极的进取精神。不是常说"诗言志"吗？这些诗中表现的不正是李先生的人文情怀和精神世界吗？从这个意义上来说，李诗带给读者的，是一种色彩斑斓而又春光明媚的世界影像，是一种"扶风豪士天下奇，意气相倾山可移"（《扶风豪士歌》）的李白式的英勇豪迈。

中国古代留下的诗词中，具有大量的颓废诗和渲泄私愤的咏怀诗，而且也有大量的言不由衷的颂诗赞词，可谓无筋无骨，俗不可耐。我常说，中国的国画在王冕时代创出了一个无骨荷花，但却让人为其荷骨铮铮而影响了后世，我们的诗作却常为无骨而遭人唾弃。中国文学到魏晋南北朝时代，对于诗歌有了深刻的反省、觉悟，于是产生了南北朝时代两部著名的文学批评著作：钟嵘的《诗品》和刘勰的《文心雕龙》。这两部著作都对诗文的创作如何应物斯感、感物吟志，提出了很高也很具体的导向。然而，时至今日，我们诗坛上的许多诗却仍是不泄私愤即无端颂咏，让人彻感诗人的灵魂在飘荡着，诗歌的前途在迷茫着。尽管这些诗不占主流，但其负面影响是不可低估的。我读李福龙先生的诗，最使我触动的，正是其诗人的精神气质和"日夜奋蹄向东海"（《再观壶口飞瀑》）的傲然追求。一位诗人或一群诗人或一代诗人，缺失了"奋蹄东海"的人生追求，情何以堪，诗何以堪？

李福龙先生诗作的另一面则是忧民悯怀，如"夜半围坐话桑麻"（《再登崂山赋》）；"瀑花飞溅凌空舞，珠帘高歌正义来"（《再观壶口飞瀑》）；"一幕巨瀑惊天地,万世弹奏正义篇"(《再赏壶口瀑布》)。又如"吾说真做人,拜佛仅形式。关键在常时,行善不作恶。民本固己心,苦即化为乐。人民养育情,时刻铭心窝……坦荡毕生路,即可成'正果'。"(《五台山感赋》)"春雨滴滴一夜浇,点点新绿忽增高。万户雨歇行沃野,千家喜气挂眉梢。林前晨雀歌新语,屋后归燕补旧巢。最是一年春好处,甘霖润物百花娇。"(《农家喜雨》)这些诗生动自然,字字从心间轻轻流出,却深深反映了他对农民的质朴情怀和真诚牵挂,读来真实感人,让人面前陡然站立起一位农民儿子李福龙来。于是,我突然冒出这么一个抑或幼稚的话题:诗人是干什么的?诗人该写什么?诗人到底写了什么?而且,到底什么是诗人呢?

* 杨治国,1962年1月生于山西省和顺县。2009年春节曾与易中天先生在央视《百家讲坛》大年初一说典,被誉为"草根学者"。中国作家协会会员、中华诗词学会会员、中国书画家联谊会会员、北京理工大学设计艺术学院客座教授、北京图书传播研究所研究员。2009年荣获山西十大新闻人物第一名,山西省"五一劳动奖章"获得者。现任和顺县委常委、政府常务副县长。出版著作《我的乡党委书记生涯》、《那人那箫那年》、《荷香斋诗草》、《小人物点评〈孟子〉》、《山城春秋》、《油灯岁月》等。

山魂水魄总关情

冯建国*

  我与李福龙先生素昧平生,至今不曾谋面,然而他的人品与才情却让我抚额称羡,赞叹不已。

  哲人曾言:智者仁者,乐山乐水。是说但凡人世间千人千面,性格迥异,然何以又能够存大同与和谐?细究之,皆源于一种"唯心"主义,或许还有一种灵魂的感悟,不然何来"心有灵犀一点通"之语?走进李福龙先生的心灵世界,完全是通过他发表在《九州诗文》杂志上的组诗"山魂水魄"。那一首首写景状物、抒发心灵之情的诗句,仿佛潺潺的泉水从心底里溢出,清凌凌地将读者带进了幽丽的环境,闲适的意境,油然流露出恬淡的心境,将作者的艺术气质表露得淋漓尽致。

  也许是受摄影,抑或还有音乐、绘画的影响,李福龙先生的诗歌空灵里蕴涵着情韵,洒脱里饱含着大度,淡然里深藏着真诚。在他的笔下,"处处佳景将心揪","如诗如画信天游"。于是他写出了《盛夏登崂山》的绝唱:"崂山探绝壁,巍峨早忘年。入林惊树鸟,崖边听流泉。古树着墨绿,主峰飘云烟。遥知登高处,忘却在人间。"将诗与画、景与情、意与境巧妙而完美地结合起来,创造出"诗中有画、画中有情、情中有境"的佳作,读来颇有"诗佛"王维的风格与韵味。

  欣赏李福龙先生的诗歌,是一种愉悦的享受,仿佛跟着李先生的笔触,走进了那美丽的自然界,感受着身临其境、心在吟咏的无限乐趣:"敢问天下好去处，必引吾心永着迷。"无论是政论诗、山水诗还是边塞诗，都有着很高的艺术造诣，凝聚出诗句秀冶、意境清新、格调高雅、诗韵婉转、情景交融的艺术特色。寻常的一片云彩、一汪清泉或者一丛翠竹，都会在他的笔下呈现出鲜活的生命来。因此，他所写的山水诗变化多彩，具有"不拘一格"的风格与情调，有时气势恢弘，意境开阔，仿佛旋律激昂的交响乐（如写壶口、北戴河等的诗歌）；有时清新典雅，情意悠绵，仿佛恬静幽艳的小夜曲（如写云雾奇观、再登崂山等的诗歌）。从《山魂水魄》的组诗中，我们看到了李先生既能概括地描写雄浑壮观的景物，又能细致入微地刻画自然事物动态，颇有方略大度的驾驭才能，从而构成独到的艺术境界，给人一种丰富新鲜、余味无穷的心灵感受。

　　文章不是无情物。李福龙先生的诗歌之所以情景交融，写得酣畅淋漓，时而让人荡气回肠，时而让人如饮甘泉，其根源就在于对祖国充满了激情，对大自然充满了热情，对人们充满了感情，因此才能写出诸如"华夏傲立世界林，放歌高颂艳阳天"，"掣电挟风不知倦，虎啸龙腾写春秋"的诗境来，也才能写出诸如《农家喜雨》中"林前晨雀歌新语，屋后归燕补旧巢。最是一年春好处，甘霖润物百花娇"这般朴实清新的亲民心声，读来如饮甘醇，似沐春风，宛若回到了遥远而温馨的儿时故乡。

　　诗人的内心世界，是酿造诗歌的熔炉，当没有生命的事物经过这座熔炉冶炼后，就会与人们的情感联系在一起，成为情景交融的壮丽诗篇。在我看来，在当今的社会里，立功立言还有立德并非矛盾之物，三者并驾齐驱，共同达到理想的彼岸，应是每个有理想、有志向、有抱负之人的立身之本。李福龙先生勇为人先，不落世俗窠臼，已为我们蹚出了路子，做出了榜样，值得我们效而仿之。

* 冯建国，山西省作家协会会员，运城市作家协会副主席，运城市民间艺术家协会副主席。长期以来，坚守乡土文学阵地，倾心河东文化写作，先后出版了《千年河东》《锦绣河东》《走遍河东》《人中龙凤》《回眸美国》《白话西厢记》《情缘如诗》《古河东一百名人图》等十余部著作，计500余万字。其中《千年河东》等四部著作，曾荣获运城市"五个一工程"特别奖与优秀奖。

诗言志
——浅析李福龙的《山魂水魄》组诗

李竹林*

在金风送爽，硕果飘香的丰收季节，我收到了友人转来的《九州诗文》2010年第9期。那规整的版式、淡雅适中的装帧，使我立刻产生了一睹为快的冲动。

李福龙的"山魂水魄"组诗，更是抓人眼球，一气读完，还不过瘾。品读再三，才慢慢感悟出其中的醇香，真像捧着一壶酽茶，小口吸气，渐渐尝试，才一步一步感悟到诗中的真谛。现代诗体的滥觞，发端于中国古代绝句和律诗的综合，又融进了"五四"以来新文化运动的元素。既要讲究合辙押韵，又要不受传统窠臼和桎梏的束缚；要么行云流水，大快朵颐；要么潺潺流水，低酌浅唱，不一而足。

李福龙的诗，大都是他心语所得，《盛夏登崂山》、《再登崂山赋》，两次登崂山，心境各不同，一是在言志，一是在抒情。"古树着墨绿，主峰飘云烟。遥知登高处，忘却在人间。"诗言志，这是主人在表达登攀、探索真理的心智。同样在《再登崂山赋》中的"清风徐徐拂凉意，海水忽忽飞浪花。白昼览胜山水间，夜半围坐话桑麻"，却完全是一幅大写意的水墨画。

《摄影偶感》则完全是李福龙的摄影日志。我看过李先生的几幅摄影作品，作品的构图、布局、用光都很讲究，读他的诗和看他的摄影作品的时候总觉得应接不暇，正好比得到一根爽口的甘蔗，从哪一头品尝都是两手蜜，不知如何是好，只好慢慢品来。

中华人民共和国成立以来，产生过如李季、闻捷、李瑛、臧克家、郭小川等一代诗人。他们或是继承中国传统的诗律，或是继承郭沫若、田汉的自由诗精髓。看看李福龙的诗，他到底学谁呢？我看都不像，他自有自己的章法，兼收并蓄，厚积薄发。当然啦，李诗认真研读起来，却仍有值得推敲的地方。譬如关于"赋"的内涵，现代汉语词典界定为"是韵文和散文的结合体"。照这个去规范，好像是有值得褒贬的地方。说来也真不容易，在某些无良文人妄断"诗歌已经死亡"的呓语广为流行的时候，李福龙的诗和承载这些诗歌的《九州诗文》，确实是应该大书特书的。

诚如斯，写下这篇小文献给李福龙先生和他钟爱的诗歌。祝《九州诗文》越办越好。

* 李竹林，山西运城人。资深报人，盐文化专家。运城学院客座教授。长期从事新闻工作和河东盐业史研究，著述颇丰。曾参与《河东盐三千年》著作撰写，是国家文物局"指南针计划"垦畦浇晒复原工艺首席专家。中国先秦协会尧舜禹研究基地顾问、山西省民间协会会员。兴趣广泛，文学功底深厚，多篇文学作品被当地史志收纂。

图书在版编目（CIP）数据

山魂水魄：李福龙诗词选／李福龙著．－－太原：山西人民出版社，2012.7
ISBN 978-7-203-07815-9

Ⅰ．①山… Ⅱ．①李… Ⅲ．①诗词－作品集－中国－当代 Ⅳ．①I227

中国版本图书馆CIP数据核字（2012）第153678号

山魂水魄：李福龙诗词选

著　者：	李福龙
责任编辑：	杜厚勤
装帧设计：	谢　成
出 版 者：	山西出版传媒集团·山西人民出版社
地　　址：	太原市建设南路21号
邮　　编：	030012
发行营销：	0351-4922220　4955996　4956039
	0351-4922127（传真）　4956038（邮购）
E－mail：	sxskcb@163.com　发行部
	sxskcb@126.com　总编室
网　　址：	www.sxskcb.com
经 销 者：	山西出版传媒集团·山西人民出版社
承 印 者：	山西臣功印刷包装有限公司
开　　本：	787mm×1092mm　1/16
印　　张：	11.25
字　　数：	158千字
印　　数：	1-2500册
版　　次：	2012年7月　第1版
印　　次：	2012年7月　第1次印刷
书　　号：	ISBN 978-7-203-07815-9
定　　价：	46.00元

如有印装质量问题请与本社联系调换